兒童文學叢書

‧文學家系列‧

解剖大偵探

柯南‧道爾 vs. 福爾摩斯

李民安／著　郜欣、倪靖／繪

三民書局

國家圖書館出版品預行編目資料

解剖大偵探:柯南‧道爾vs.福爾摩斯／李民安著;郳
欣,倪靖繪.－－二版一刷.－－臺北市: 三民,2012
面;　　公分.－－(兒童文學叢書‧文學家系列)

ISBN 978-957-14-2843-7　(精裝)

1.柯南‧道爾(Doyle, Arthur Conan, 1859-1930)－傳
記－通俗作品

859.6

© 　解剖大偵探
　　　　──柯南‧道爾vs.福爾摩斯

著 作 人　李民安
繪　　者　郳 欣 倪 靖
發 行 人　劉振強
著作財產權人　三民書局股份有限公司
發 行 所　三民書局股份有限公司
　　　　　地址　臺北市復興北路386號
　　　　　電話　(02)25006600
　　　　　郵撥帳號　0009998-5
門 市 部　(復北店) 臺北市復興北路386號
　　　　　(重南店) 臺北市重慶南路一段61號
出版日期　初版一刷　1999年2月
　　　　　二版一刷　2012年2月
編　　號　S 853951
行政院新聞局登記證局版臺業字第○二○○號

ISBN　978-957-14-2843-7　(精裝)

http://www.sanmin.com.tw　三民網路書店
※本書如有缺頁、破損或裝訂錯誤,請寄回本公司更換。

閱讀之旅
（主編的話）

　　很早就聽說過藝術大師米開蘭基羅、梵谷、莫內、林布蘭、塞尚等人的名字；也欣賞過文學名家狄更斯、馬克・吐溫、安徒生、珍・奧斯汀與莎士比亞的作品。

　　可是有關他們的童年故事、成長過程、鮮為人知的家居生活，以及如何走上藝術、文學之路的許許多多有趣故事，卻是在主編了這一系列的童書之後，才有了完整的印象，尤其在每一位作者的用心創造與撰寫中，讀之趣味盈然，好像也分享了藝術豐富的創作生命。

　　為孩子們編書、寫書，一直是我們這一群旅居海外的作者共同的心願，這個心願，終於因為三民書局的劉振強董事長，有意出版一系列全新創作的童書而宿願得償。這也是我們對國內兒童的一點小小奉獻。

　　西洋文學家與藝術家的故事，以往大多為翻譯作品，而且在文字與內容上，忽略了以孩子為主的趣味性，因此難免艱深枯燥；所以我們決定以生動、活潑的童心童趣，用兒童文學的創作方式，以孩子為本位，輕輕鬆鬆的走入畫家與文豪的真實內在，讓小朋友們在閱讀之旅中，充分享受到藝術與文學的廣闊世界，也拓展了孩子們海闊天空的內在領域，進而能培養出自我的欣賞品味與創作能力。

　　這一套書的作者們，都和我一樣對兒童文學情有獨鍾，對文學、藝術更是始終懷有熱誠，我們從計畫、設計、撰寫、到出版，歷時兩年多才完成，在這之中，國內國外電傳、聯絡，就有厚厚一大冊，我們的心願卻只有一個——為孩子們寫下有趣味、又有文學性的好書。

　　當世界越來越多元化、商品化的今天，許多屬於精神層面的內涵，逐漸在消失、退隱。然而，我始終牢記心理學上，人性內在的需求——求安全、溫飽之後更高層面的精神生活。我們是否因為孩子小，就只給與溫飽與安全，而忽略了精神陶冶？文學與美學的豐盈世界，是否因為速食文化的盛行而消減？這

柯南・道爾

1

是值得做為父母的我們省思的問題，也是決定寫這一系列童書的用心。

我想這也是三民書局不惜成本、不以金錢計較而決心出版此一系列童書的本意。在我們握筆創作的過程中，最常牽動我們心思的動力，就是希望孩子們有一個愉快的閱讀之旅，充滿童心童趣的童年，讓他們除了溫飽安全之外，從小就有豐富的精神食糧，與閱讀的經驗。

最令人傲以示人的是，這一套書的作者，全是一時之選，不僅在寫作上經驗豐富，在文學上也學有專精，所以下筆創作，能深入淺出，饒然有趣，真正是老少皆喜，愛不釋手。譬如喻麗清，在散文與詩作上，素有才女之稱，在文壇上更擁有廣大的讀者群；韓秀與吳玲瑤，讀者更不陌生，韓秀博學用功，吳玲瑤幽默筆健，作品廣受歡迎；姚嘉為與王明心，都是外文系出身，對世界文學自然如數家珍，筆下生花；石麗東是新聞系高材生，收集資料豐富而翔實；李民安擅寫少年文學，雖然柯南‧道爾非世界文豪，但福爾摩斯的偵探故事，怎能錯過？由她寫來更加懸疑如謎，趣味生動。從收集資料到撰寫成書，每一位作者的投入，都是心血的結晶，我衷心感謝。由這一群對文學又懂又愛的人來執筆寫文學大師的故事，不僅小朋友，我這個「老」朋友也讀之百遍從不厭倦。我真正感謝她們不惜時間、心血，投入為孩子寫作的行列，所以當她們對我「撒嬌」：「哇！比博士論文花的時間還多」時，我絕對相信，也更加由衷感謝，不僅為孩子，也為像我一樣喜歡文學的大孩子們，可以欣賞到如此圖文並茂，又生動有趣的童書欣喜。當然，如果沒有三民書局的支持、用心仔細的編輯，這一套書是無法以如此完美的面貌出現的。

讓我們一起——老老小小共同享受閱讀之樂、文學藝術之美，也與孩子們一起留下美好的閱讀記憶。

柯南‧道爾的面子問題

　　小時候，我很愛看偵探小說，其中又以《福爾摩斯探案》在同學中傳閱得最廣，討論得最多。

　　和其他的偵探們相比較，福爾摩斯總能在看起來平常的生活小事中，憑著他過人的觀察和分析能力找出疑點，然後再一步步抽絲剝繭的追查出真凶，而絕不只是靠拳頭來解決問題，若用現代警察辦案的手法來說，講究證據邏輯的福爾摩斯，可算是「科學辦案」的鼻祖哩！

　　等到我讀了柯南‧道爾的傳記，才訝異的發現，他和自己一手創造的、如此成功風靡大眾的大偵探間，存在著非常矛盾的關係。

　　柯南‧道爾在窮途末路時，「不小心」創造了「福爾摩斯」這個成功的小說人物，在文章大賣、財源滾滾而來之際，他非但沒有喜悅的心情，沒有趕快多寫幾本趁熱大賺一票，反而想要封筆，只因為他認為寫偵探小說是文學之末，被人認為是個「寫偵探小說的」，是件很沒面子的事。

　　在他心裡有面子的事是什麼呢？是寫歷史文學的巨作，然而，這麼多年過去，他當年也寫得很成功的歷史文學早已絕版不再流傳，倒是「福爾摩斯」這個大偵探，至今仍活在全世界無數的偵探迷的心裡。

解剖大偵探

假如你是柯南‧道爾，面對這樣的情況，心裡有什麼感受？你想像過，萬一柯南‧道爾和福爾摩斯見了面，會是什麼情況？

你呢？你有沒有自己的面子問題？

李民安

柯南・道爾

Arthur Conan Doyle

1859～1930

1. 奇特的訪客

一九二九年十一月的一天，晚上八點十五分，倫敦貝克街二百二十一號二樓，來了一位奇特的訪客。

原本，對這家的主人來說，不管來訪的是尊貴的王室成員，或街角不引人注意的流浪漢，都沒什麼好大驚小怪的，假如你知道是誰住在這裡的話。

從一八八一年一月開始，這間有兩個舒適臥房，和一大間起居室的公寓，便由兩個年輕人合租下來，一個是當時二十九歲的約翰‧華生醫生，另一個是小他三歲的偵探夏洛克‧福爾摩斯。

他們因為想省錢而成為室友，直到一八八八年華生結婚搬出去自立門戶為止，一直相處愉快。

福爾摩斯和他的「同居人」並兼「助手」華生，在這間不起眼的公寓裡，見過來自世界各地、形形色色的人，他憑著豐富的知識、卓越的觀察，和無人能及的推理能力，往往不必走出公寓大門，就能把一個令當事人困惑得不得了的「懸案」或「疑案」，三兩下搞得清清楚楚。

他常說這間公寓好比是醫生的診所，「病人」只要把「症狀」說明白，他這個「醫生」便能開出藥到病除的「處方」，所以他自稱是獨樹一幟的「推理、諮商偵探」，全世界僅此一家，別無分號。

這種足不出戶的破案本領，使得福爾摩斯很快的就成為家喻戶曉的大偵探，連「蘇格蘭警場」的官方警探，在碰上棘手的案件時，都還常登門拜訪，請求他不吝賜教哩。

華生婚後雖然搬了出去，但仍然三天兩頭跑回貝克街的「老巢」，他和福爾摩斯有談不完的新鮮事。這天就是他剛出差回來，才下火車，就忍不住跑來向老友報告他在火車上遇見的一個怪人，但才講了一半，就被這個更怪的訪客打斷了。

福爾摩斯沉默的窩在他的老位子，一張有高椅背和扶手的單人沙發中，含著菸斗，用老鷹般銳利的目光，上下打量著這個不速之客，並在心中描出一個大概的背景，這原本就是他做慣了的事。

這人有張飽滿的國字臉，摘下帽子露出微禿的前額，頭

髮灰白，大概有七十歲了，身材魁梧，一百八十公分以上的身高，和超過一百公斤的體重，是個面色紅潤的大塊頭。

兩眼炯炯有神，但神情高傲；鼻下兩撇修剪整齊的八字鬍，西裝的質料高級、剪裁合身、手工精細，但式樣並不是最流行的；金質的袖釦、掛表，臂彎中的雨傘傘柄，雕著一個精緻的馬頭；指甲乾淨沒有汙垢。這說明什麼？

「此人是上流社會的紳士，但童年可能並不富裕，個性保守，生活簡樸。」福爾摩斯這樣判斷。

戴戒指。「已婚。」他加上一條。

脫下手套，右手中指靠食指第一個指節處長有繭，右手掌緣有一個不及半粒米大的墨水印子。「看來，是個長時間拿筆，寫很多字的人。」

眼前的人，看起來沒有什麼特別的地方，除了「平靜」。他缺乏一般來訪者困惑、焦慮、憂愁的神色，純粹像來拜訪朋友，但卻還帶著三分不樂意，就這點有些怪。

「你完全說對了。」訪客突然開口。

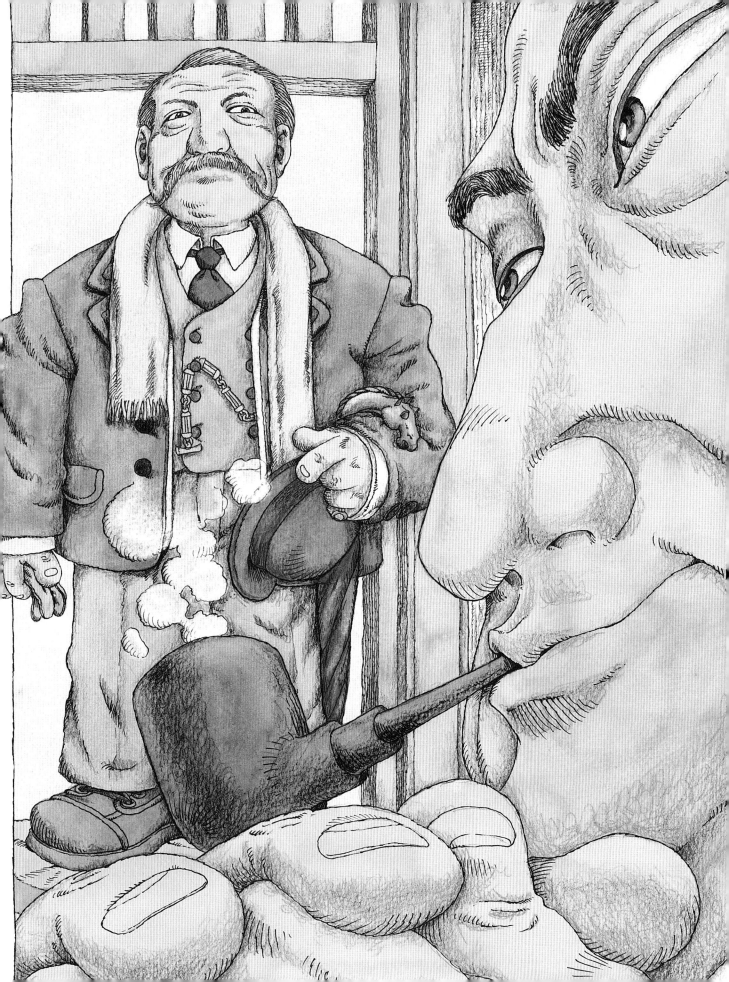

解剖大偵探

「我說了什麼嗎？」福爾摩斯笑起來。

「我確實是一個已婚、拿筆桿、靠寫作為生的人，坎坷的童年造就我保守內向的個性，也養成我簡樸的生活習慣。完全正確！你心裡不是這樣『說』的嗎？」

笑容僵在福爾摩斯臉上。

很多人在和福爾摩斯初見時，都因被他一語道破背景、職業、生活習慣、家庭狀況……而驚異不已，他之所以能「鐵口直斷」，只不過比別人敏銳的將一個人展示在身上的「資料」，盡可能讀出來，再加以分析推理，所得出的一項必然結論。總而言之，他迷於研究「人」。

這些以往被他研究的人的心情，他總算嘗到了，真是用「目瞪口呆」都不足以形容啊！

可是，何以這個陌生的訪客，能在這麼短的時間裡，就把他在心裡「說」的話全「讀」出來？自己不是一直沒開口、沒改變過坐姿嗎？難道……難道他會「讀心術」？

世上真的有「讀心術」嗎？

2. 讀心術

認識福爾摩斯也有一段不算短的時間了，華生從未見過這位向來冷靜穩重的老搭檔，臉上流露出這麼震驚的表情，連菸斗都忘了抽。

「怎麼被人沒頭沒腦的一句話，就搞得這樣失態？」華生暗暗在心裡數落福爾摩斯，並帶著責怪意味看了他一眼。

和福爾摩斯一樣，華生對四周的人和事也十分敏感，這也是他們能相處融洽、合作愉快的原因之一；此刻，他不知怎麼回事，總覺得從這位衣冠楚楚的老年紳士身上，感受到一股敵意。

來訪者微皺著眉，用眼角緩慢打量四周，八字鬍下的嘴唇稍稍向下彎，彷彿隨時要「哼」一聲似的；他的視線最後終於落在屋子主人的身上。

「我們終於見面了，兩位一如我的想像，就連這間屋裡的大小擺設，看起來也這般親切熟悉。」

華生忍不住:「可否請閣下爽快的說明來意，不必吊人胃口，我相信您不會只是為了證明自己的『想像』無誤，而來和我

們『見面』的吧?」他諷刺的強調「見面」二字。

怪訪客冷冷的說:「沒錯,見這一面正是我的目的,而且,我的來意不善,和你感覺的一模一樣,如何?華生,你可滿意了嗎?」

這回輪到華生目瞪口呆了,他難道是自己肚裡的蛔蟲不成?

雖然壁爐裡的火熊熊的燃燒著,但他們這一對自認見多識廣的老搭檔,卻感覺全身冰涼。

他,究竟是誰?來意為何?是敵是友?……

怪訪客哈哈一笑:「你們不必費心猜測我的身分和來意,我自然會原原本本的告訴你們,至於我是敵還是友,」他停了一會兒,嘆口氣,緩緩搖搖頭,用輕得不能再輕的聲音,似乎在說給自己聽:「坦白講,有時連我自己都弄不清,這也是我今天要來和你們『見面』的主要動機,畢竟,我年紀大了,近來身體也不行,再不把握時間,就怕見不到啦。」

說罷,他又換上一副輕鬆的語調對福爾摩斯道:「大偵探,這不是你的待客之道吧,怎麼不請我抽一根你最有研究心得的傑弗遜希望牌的印度雪茄菸呢?」

「華生，」福爾摩斯終於開口：「我們還是暫且拋開於事無補的好奇心，以愉快的心情招待這位與眾不同的紳士吧。」

華生不得不佩服老友的鎮定和灑脫，能在這麼短的時間裡，回復到他一貫的從容和冷靜。

　　華生替訪客點燃雪茄，這訪客閉上眼睛，深深吸了一口，再徐徐吐出，神情無限滿足：「我知道你最常用的是黑陶製的菸斗，多年前，你為了充實偵探這一行的專業知識，曾下過苦功，研究了一百四十多種香菸、雪茄、菸絲，對它們的氣味、灰燼的顏色瞭如指掌；我還知道你名貴的古董小提琴，是從一個不識貨的小販手裡，以五十五先令的超低價買來的，你通常寶貝的把它收在琴盒裡，就擱在那兒。」

　　他依舊閉著眼睛，但伸手一指，就在堆著資料、舊書的亂屋角，指出琴盒的正確位置。

　　他像是在考背誦的學生，完全不顧旁人的反應，逕自滔滔不絕的往下說：「我甚至知道這間起居室旁的樓梯有十七階，大偵探臥室中的牆上，掛的不是美女圖，而是一些鼎鼎大名的罪犯相片。」

　　「夠了，夠了，你究竟是誰?」華生再也沉不住氣，「嗖」的一聲從椅子裡跳起來。

　　「小華生，不要急。」訪客睜開眼，像是老祖父在安撫性急的小孫子，他很得意自己的傑作，因為他已給這兩個在偵探界

大大有名的人物，成功的製造了「頭痛時間」。

「瑪麗近來可好？」

「什麼？」華生簡直不敢相信自己的耳朵，這傢伙居然問候起他親愛的太太，真是太得寸進尺了。

「說起來，你還真得要好好感謝我，要不是我大力促成，你不可能在一八八八年，才經過幾個月的來往，就順利步入禮堂，抱得美人歸，我可是你的大媒人呢。」

「哈、哈、哈。」

這回輪到福爾摩斯大笑了，華生瞪他一眼，怪他居然在這麼落下風的時候還笑

解剖大偵探

得出來。

「看來，我們沒有一件事能瞞得過閣下您。」

「不錯。」

「世界上只有一個人，能對我們的大小瑣事都瞭如指掌。」

「喔，你已經知道他是誰了？」華生就知道福爾摩斯畢竟不是浪得虛名的泛泛之輩，沒有什麼事能難倒他。

怪訪客也一臉好奇。

「華生，來，讓我鄭重為你介紹，這位把我們耍得團團轉的紳士，不是別人，正是全英國稿酬最高的作家——亞瑟・柯南・道爾爵士；我們栽在他手上，不算太丟臉。」

「他是……？」華生不明白，這個大作家何以對他們摸得一清二楚，他原先還以為他是個更有來頭的大偵探哩。

「華生，你知道柯南・道爾先生是何許人嗎？他正是藉著你的手，把我們經歷的偵探故事，介紹給廣大讀者的人，換言之，」他正色道:「他是『福爾摩斯』、『華生』，和一連串懸疑案件的創造者，我說的對嗎？爵士。」

3. 細說從頭

「不愧是舉世唯一的『推理、諮商大偵探』。」柯南‧道爾嘉許的點點頭，好像很滿意自己一手創造的人物。

「不過，我不明白，我們既是閣下精心營造出來的，關係與父子無異，而且我們的存在，非但沒替您丟人，還給您增光不少，可是為什麼從您一進門，就對我們表現出一種發自內心的厭惡和不友善？」

「還有，」華生也接口道:「剛才說什麼是敵是友連您自己都搞不清楚，又是什麼意思？」

「這說來話長了。」柯南‧道爾夾著雪茄，陷入沉思:「當年我在英格蘭西部開業行醫……」

「什麼？您還當過醫生？」華生不可置信的叫起來。

「是的，我一八八一年從愛丁堡醫學院畢業。不過，你可別以為我當初選擇當醫生，是懷抱著救人濟世的崇高理想，或對這一行有莫大的興趣，說穿了，只是現實上的考慮，當醫生賺得比較多，而我可是窮怕了。」

道爾家族十四世紀時，由法國遷至愛爾蘭，柯南・道爾的祖父是當世極負盛名的政治漫畫家，生了四個兒子，個個都繼承了他的天賦，老大、老二、老三各自都在藝術的領域裡功成名就，只有最小的兒子查理士，一生抑鬱不得志。

　　查理士就是柯南・道爾的父親。他從十七歲進入蘇格蘭郵政事務所工作開始，到四十歲退休以前，從未升過級，年薪也從未超過二百五十鎊；不如意的工作，使感情敏銳，個性又極退縮的查理士，早早就染上酗酒的毛病，「一醉解千愁」原是不分古今中外的飲者心聲啊。從他退休到一八九三年去世以前，都住在養老院中接受治療，晚景十分淒涼。

　　查理士的收入有限，卻得養活七個孩子，這使身為長子的柯南・道爾，從小就很明白現實生活是怎麼一回事，肚子似乎從沒吃飽過，衣服也都是拿親戚家的舊貨七拼八湊做成的。

　　查理士這輩子最了不起的成就，就是和瑪莉結婚。瑪莉一共生了十個孩子，但由於家境困難，只有七個孩子存活，這對一個做母親的來說，打擊非常沉重，但她是個個性堅強的女人，不但會讀能寫，而且非常會講故事，她一手把柯南・道爾帶進文學的領域，還把「講求實際」、「以

國家為榮」，和「要有成功的決心」這些性情，毫不保留的傳到兒子身上。

「我出生於一八五九年的五月二十二日，不管從哪一方面說，沒有媽媽就沒有今天的我，至於你們，就更甭提啦。」

「母親對孩子的影響真是太大了。」福爾摩斯深有同感。

「閣下『務實』當醫生以後，是否如願的財源廣進，減輕您母親的肩頭重擔？」華生問。

福爾摩斯搶著回答：「當然沒有！假如病人源源不斷，道爾先生就忙賺錢去了，哪有空來寫我們兩個？」

「說來好笑，我掛牌行醫時，對家裡的回饋可說是微乎其微，甚至慘到還必須靠媽媽拿私房錢來助我度過難關。」

「閣下難道是那麼差勁的醫生嗎？請原諒我問得這麼直接。」華生說。

「道爾先生或許在醫學上的知識並不差，但絕對稱不上是個『好』醫生，我說的對嗎？」福爾摩斯神情篤定的說。

「何以這樣斷言？」華生不明白。

「因為就像道爾先生自己說的，做醫生只是他賴以賺錢的一份『職業』，既無使命感也缺乏興趣，所以就算醫術及格，但對病人絕對沒有那種出自內心的關懷與溫暖，這種冷漠的態度，怎麼可能成為好

醫生呢？」

「不錯，我欠缺的正是你毫無保留投注在偵探這一行的熱情和專注，記得你曾對華生說過，你全部的精力，包括記憶和時間，都保留給對做偵探有幫助的事情，正是這種全心全意的態度，讓你超越那些半吊子偵探，成為舉世知名的大偵探，因為你下的功夫無人能及，所以成就也無人能及；而由於我不具備這種態度，所以行醫生涯便注定要以失敗告終。」

4. 失敗的行醫生涯

　　柯南‧道爾喝了一口茶，擺出一副準備長談的姿態。

　　他一八八一年從醫學院畢業後，先在一艘開往南非的客貨輪上當船醫。原以為工作輕鬆，收入也不差，還外帶可以四處遊歷，是很理想的工作，不料在奈及利亞得了瘧疾，差一點把命都丟了。

　　從非洲回來後，柯南‧道爾收到醫學院同學巴德從普利資茅斯打來的電報，邀他合夥開業。聽巴德說，他的診所病人多得不得了。柯南‧道爾一想，反正哪裡有錢賺就往哪裡去，他還樂得少冒創業的風險，所以欣然前往，正式在巴德的診所掛牌，負責巴德最不喜歡的「外科」。

　　巴德這個老同學，興趣廣泛，滿腦子稀奇古怪的想法，自從有了柯南‧道爾來分擔看病的工作後，他便樂得去研究什麼「血液滋補劑」，或「船隻防砲安全罩」這些五花八門的東西。他的點子

多，甚至還想過要移民到南非去做眼科醫生，他的理論是：南非地大人多但是醫生少，光是給人配眼鏡矯正視力，就可以賺翻了。

對柯南‧道爾的母親瑪莉來說，巴德這種三天就有個新主意的人，無疑是個不可靠的傢伙，怎麼能不提醒兒子小心，結果這些對巴德評語不好的信，偏偏被巴德的家人「不小心」看到，這馬上使巴德對柯南‧道爾下了拆夥的逐客令。

「我猜事情演變下去，一定是閣下懶得多說，願意無條件解約離去，但可能還會被巴德落井下石。」福爾摩斯噴出一個煙圈說。

「何以見得？」柯南‧道爾坐直身子，很感興趣的問。

「我相信您父親不善算計、保守、退縮的個性，還是對您產生了影響，否則也不至於只憑朋友一封電報就決定去向，而且像巴德那種會把自己不喜歡做的事推給朋友的人，碰到像閣下這麼軟弱、只想息事寧人、大事化小、小事化無的角色，要是不想個點子占您一點便宜，也未免太對不起他一向靈光的腦袋了吧！」

柯南‧道爾拍了一下大腿：「嘿，全被你料中了。我和巴德拆夥時，他很大方的答應，在我自己的診所順利開業前，仍資

助<ruby>我<rt>ㄨㄛˇ</rt></ruby><ruby>一<rt>ㄧ</rt></ruby><ruby>週<rt>ㄓㄡ</rt></ruby><ruby>一<rt>ㄧ</rt></ruby><ruby>鎊<rt>ㄅㄤˋ</rt></ruby>，<ruby>不<rt>ㄅㄨˋ</rt></ruby><ruby>料<rt>ㄌㄧㄠˋ</rt></ruby><ruby>等<rt>ㄉㄥˇ</rt></ruby><ruby>我<rt>ㄨㄛˇ</rt></ruby><ruby>剛<rt>ㄍㄤ</rt></ruby><ruby>租<rt>ㄗㄨ</rt></ruby><ruby>好<rt>ㄏㄠˇ</rt></ruby><ruby>房<rt>ㄈㄤˊ</rt></ruby><ruby>子<rt>ㄗ˙</rt></ruby>，<ruby>他<rt>ㄊㄚ</rt></ruby><ruby>就<rt>ㄐㄧㄡˋ</rt></ruby><ruby>毀<rt>ㄏㄨㄟˇ</rt></ruby><ruby>了<rt>ㄌㄜ˙</rt></ruby><ruby>約<rt>ㄩㄝ</rt></ruby>。<ruby>我<rt>ㄨㄛˇ</rt></ruby><ruby>那<rt>ㄋㄚˋ</rt></ruby><ruby>時<rt>ㄕˊ</rt></ruby><ruby>真<rt>ㄓㄣ</rt></ruby><ruby>是<rt>ㄕˋ</rt></ruby><ruby>慘<rt>ㄘㄢˇ</rt></ruby>，<ruby>幾<rt>ㄐㄧ</rt></ruby><ruby>乎<rt>ㄏㄨ</rt></ruby><ruby>是<rt>ㄕˋ</rt></ruby><ruby>一<rt>ㄧ</rt></ruby><ruby>文<rt>ㄨㄣˊ</rt></ruby><ruby>不<rt>ㄅㄨˋ</rt></ruby><ruby>名<rt>ㄇㄧㄥˊ</rt></ruby>，<ruby>要<rt>ㄧㄠˋ</rt></ruby><ruby>不<rt>ㄅㄨˊ</rt></ruby><ruby>是<rt>ㄕˋ</rt></ruby><ruby>媽<rt>ㄇㄚ</rt></ruby><ruby>媽<rt>ㄇㄚ˙</rt></ruby><ruby>把<rt>ㄅㄚˇ</rt></ruby><ruby>她<rt>ㄊㄚ</rt></ruby><ruby>的<rt>ㄉㄜ˙</rt></ruby><ruby>私<rt>ㄙ</rt></ruby><ruby>房<rt>ㄈㄤˊ</rt></ruby><ruby>錢<rt>ㄑㄧㄢˊ</rt></ruby><ruby>借<rt>ㄐㄧㄝˋ</rt></ruby><ruby>給<rt>ㄍㄟˇ</rt></ruby><ruby>我<rt>ㄨㄛˇ</rt></ruby>，<ruby>還<rt>ㄏㄞˊ</rt></ruby><ruby>真<rt>ㄓㄣ</rt></ruby><ruby>不<rt>ㄅㄨˋ</rt></ruby><ruby>知<rt>ㄓ</rt></ruby><ruby>如<rt>ㄖㄨˊ</rt></ruby><ruby>何<rt>ㄏㄜˊ</rt></ruby><ruby>度<rt>ㄉㄨˋ</rt></ruby><ruby>過<rt>ㄍㄨㄛˋ</rt></ruby><ruby>難<rt>ㄋㄢˊ</rt></ruby><ruby>關<rt>ㄍㄨㄢ</rt></ruby><ruby>哪<rt>ㄋㄚ˙</rt></ruby>！」

「<ruby>閣<rt>ㄍㄜˊ</rt></ruby><ruby>下<rt>ㄒㄧㄚˋ</rt></ruby><ruby>也<rt>ㄧㄝˇ</rt></ruby><ruby>真<rt>ㄓㄣ</rt></ruby><ruby>是<rt>ㄕˋ</rt></ruby><ruby>夠<rt>ㄍㄡˋ</rt></ruby><ruby>天<rt>ㄊㄧㄢ</rt></ruby><ruby>真<rt>ㄓㄣ</rt></ruby><ruby>的<rt>ㄉㄜ˙</rt></ruby><ruby>了<rt>ㄌㄜ˙</rt></ruby>，<ruby>那<rt>ㄋㄚˋ</rt></ruby><ruby>麼<rt>ㄇㄜ˙</rt></ruby><ruby>容<rt>ㄖㄨㄥˊ</rt></ruby><ruby>易<rt>ㄧˋ</rt></ruby><ruby>相<rt>ㄒㄧㄤ</rt></ruby><ruby>信<rt>ㄒㄧㄣˋ</rt></ruby><ruby>別<rt>ㄅㄧㄝˊ</rt></ruby><ruby>人<rt>ㄖㄣˊ</rt></ruby>。」<ruby>華<rt>ㄏㄨㄚˊ</rt></ruby><ruby>生<rt>ㄕㄥ</rt></ruby><ruby>說<rt>ㄕㄨㄛ</rt></ruby>。

柯南‧道爾只有苦笑的份：「我還記得自己租的那個房子，診療室明亮、安靜，

經常整天沒有一個病人上門，我就坐在那裡，從上午十點到下午四點，一直不停的寫，那些早期的『福爾摩斯探案』就是這樣『生』出來的。」

「如此說來，我們還真得感謝閣下生意清淡，否則我和華生恐怕還會難產哩。」

「換我來猜上一猜，我猜『福爾摩斯探案』推出之後，馬上使閣下聲名大噪，財源滾滾，於是閣下決定棄醫從文專心創作。」華生想當然耳的說。

「很抱歉，事情完全不是你想像的那樣，說句不怕打擊你自信的話，華生，你和福爾摩斯這個大偵探，全是我無聊時的遊戲之作，道道地地瞎打誤撞寫出來的消遣文章，我從未在你們身上放下太多的精神，更沒有想過會靠你們成名。哈、哈、哈。」

「你……。」

柯南‧道爾看著華生錯愕的表情，不禁得意的大笑起來。

5. 無心插柳柳成蔭

「第一個『福爾摩斯探案』故事〈血字的研究〉只賣了二十五鎊，一八八七年在雜誌上發表之後，並沒有引起很大的回響，對於這個結果，我並不感到失望，因為原本我就不認為這種偵探小說，值得我寄予厚望。」柯南・道爾下巴抬得高高的，一臉瞧不起「偵探小說」的表情。

這副神情看在福爾摩斯和華生眼裡，兩人不約而同的「哼」了一聲。

柯南・道爾根本不在乎他們的反應，

揚揚眉毛說:「我真正想做的，是用高雅的筆法，重新包裝原本單調又枯燥的歷史事件，將它改頭換面，成為可讀性更高的文學作品，做一個考證認真、下筆嚴謹，有格調的歷史文學家。」

「閣下成功了嗎?」福爾摩斯冷冷的問道。

「當然。」柯南・道爾驕傲的回答:「我在一八九○年出版的《懷特夥伴》，比前一年的《麥可・克拉克》還要受出版家的好評。」

「所以是這些歷史巨著的成功，讓閣下決定專心投入寫作這一行囉?」福爾摩斯帶著嘲笑的口吻說。

「你明知不是!」頭髮花白的柯南・道爾，幾乎是咆哮的說。

福爾摩斯一點也不把柯南・道爾的怒氣放在眼裡，他平靜的說:「我終於明白，您為什麼會對我們充滿如此矛盾的敵友情結，您雖然無心創造福爾摩斯傳奇，卻又打心底鄙視我們，只因為『福爾摩斯』愈成功，您就愈有可能被讀者定位為一個不那麼高尚正派、拿得出去的偵探小說家。但殘酷的事實又逼得您不得不承認，愛看『福爾摩斯探案』的人遠多過閣下歷史巨著的讀者，所以，正是您無聊消遣之作的收入，才是使您能下定決心棄醫從文的保

障，道爾爵士，我說的可對？」

福爾摩斯毫不放鬆，咄咄逼人，他像老鷹一般犀利的目光，牢牢的盯著柯南．

解剖大偵探

道爾。後者一手摀著胸口，呼吸聲又重又急，臉也漲得通紅，眼角的肌肉不停微微的抽搐著。

他們就像兩頭充滿敵意的野獸，誰也不肯先示弱的互瞪著，空氣沉默得令人窒息。好一會兒，柯南‧道爾才慢慢平靜下來，他平息了呼吸，緩緩垂下滿是銀絲的頭，像是個戰敗的士兵，這一刻，他彷彿又老了好幾歲。

「我雖不願承認，但這卻是事實。一八九一年，我一口氣送出六篇『福爾摩斯探案』給英國有名的《河濱大道雜誌》，〈波西米亞的醜聞〉在七月號發表後，居然獲得空前的成功，你二人一下子就成了當代最有名，也最受歡迎的人物，現實的出版商馬上請我再接再厲再寫六篇，好乘勝追擊。」

「但是我們一心想做高格調的『歷史文學家』卻不願再吃回頭草。」福爾摩斯換上一筒新菸絲，諷刺的說。

「那麼，又是什麼促使大作家改變主意呢？」華生問。

「這讓我來說吧！」福爾摩斯劃了根火柴，一邊噴煙一邊捉狹的看著被他一語擊中要害的柯南‧道爾：「一定是現實的出版

商用了最現實的手段，打動我們自命清高，但骨子裡卻一樣現實的大作家。」

柯南‧道爾聳聳肩不置可否：「我提出空前苛刻的條件，五十鎊一個故事，而且長短不拘，希望他們知難而退，讓我得以清清靜靜做我真心想做的事，不料他們竟一口答應，我只好勉為其難的寫下去。」

「所以，我們確實稱得上是閣下的衣食父母，對閣下現實的經濟生活，提供了最卓越的貢獻。」福爾摩斯說。

自從一八九一年，第一批六篇「福爾摩斯探案」推出後，柯南‧道爾一下子成為英國最知名的小說家。突如其來的名和利，並沒有讓他樂昏頭，相反的，他擔心因這類難登大雅之堂的偵探小說成名，會妨礙自己投注在「歷史文學」這件「正經事」上的時間和精力，所以當機立斷的想到此為止，計畫讓福爾摩斯「消失」。

不料，連柯南‧道爾的母親都迷上了福爾摩斯的偵探冒險故事，大力反對他停筆，孝順的他只得勉為其難的讓大偵探又多活了兩年。

在這期間，柯南‧道爾也積極蒐集資料，著手寫十六、十七世紀，法國新教徒雨格諾教徒的《流亡者》；但他發現，無論再怎麼努力，人們只記得他是寫「福爾摩斯探案」的偵探小說家，這一系列成功

解剖大偵探

的把流路得，決定反抗。偵探推理歷史，因此他離開文史，母親的反抗。說一成為學他的喜愛，小說一成為家顧一切的不，已

於是一八九三年十二月，在〈最後的問題〉中，福爾摩斯和他的死對頭莫里亞提教授，雙雙失去蹤影。他提進大瀑布裡掉去頭雙雙失去蹤影。

「哼，真是恭喜您狡計得逞。」福爾摩斯那、令他九死一生的探說。似乎心死冰冰的探說。計得逞又動一冰

「我確實鬆了一口氣，但隨之而來的，卻把我嚇了大跳，倫敦男人戴上黑紗，讀者反應把我嚇了

女人換上喪服以表哀悼，甚至連威爾斯王子都針對你身亡這件事發表感言，最倒楣的還是《河濱大道雜誌》，馬上有兩萬多訂戶退訂，把發行人氣得臉都綠了。哈、哈、哈。」

　　出版商怎麼可能這麼輕易放過柯南・道爾，他們紛紛提出優厚的條件，遊說他讓福爾摩斯復活，但都被柯南・道爾拒絕了，他決心要做自己真正想做的事。

　　就在沒有福爾摩斯和華生干擾的十年裡，他的創作達到高峰，一共出版了六本小說集、兩本短篇故事集、一本詩集，和

一本歷史研究，並應邀去美國演講，其間還自願從軍，參加了南非波爾戰爭。

「真了不起，既然這麼順利，後來又何必把我們這兩塊絆腳石搬回來？」華生諷刺的說。

「這還用說，我猜一定是道爾爵士在這十年間，發現做歷史小說家的收入，遠不及做偵探小說家有賺頭，為支應成名後的生活開銷，不得不再一次向『現實』低頭。」

「別忘了，我原本就是在現實的教育下長大的。」柯南‧道爾輕描淡寫的說：「美國的《礦工雜誌》提出五千美元買一個故事的美國版權條件；英國的《河濱大道雜誌》立刻跟進，願以同樣的價錢買下英國的版權，會拒絕這麼優厚條件的人，不是傻瓜才怪哩。」

「難怪福爾摩斯稱閣下是全英國稿酬最高的作家。」

福爾摩斯無限感嘆的說：「好在有閣下和諸位出版商這樣現實的人，我才能在一九〇三年的〈吉瓦德的探險〉重新露面。來，讓我們為『現實』乾一大杯！」

6. 真正的大偵探

柯南‧道爾冷眼看著福爾摩斯誇張的舉起杯子，默默聽著他和華生左一言右一語的冷嘲熱諷，嘆口氣說：「唉，『現實』和『理想』原本就是兩件不易取得妥協的事，我的理想是做個令人欽敬的文學家，但現實卻是，讀者要我寫這種難登大雅之堂、不入文學之流的偵探小說；堅持理想的結果，或許是名利皆空的『清高』，但可惜我沒有清高的本錢，非得在現實被滿

足之後，才有餘力去實踐理想，這難道錯了嗎？或許你有更好的做法？」

福爾摩斯咬著菸斗，靜靜的沉思，沒有說話。

「堅持理想是有條件的，很遺憾，一個上有老母、下有妻子兒女要扶養，出身寒微的文字工作者，並不具備那些條件，所以我只好在理想與現實間擺盪。」

「您說的對。」福爾摩斯說：「並不是所有的人都有幸做他們真正喜歡的工作，絕大多數的人都是做一行怨一行。」

「是啊。」華生接口說：「能像你這樣瘋狂喜愛偵探工作，還可藉此名利雙收，過不匱乏的生活，真是太幸運了，光憑這一點，你就該好好謝謝道爾爵士，沒讓你像他那樣，處在理想和現實的夾縫中，左右為難。」

「你說的有理。」福爾摩斯爽快誠懇的說：「請您原諒我剛才失禮的言行。」

柯南・道爾笑笑，算是接受了道歉。

「還是換個話題吧。」華生說：「能寫得出這麼傳神精彩的偵探故事，閣下必定也具備很好的觀察及推理能力，若是改行做偵探，怕會是福爾摩斯的勁敵呢！」

提到這個，柯南・道爾立即換上一副得意的神情：「我絕不是吹牛，我真的客串過兩次偵探，而且表現傑出。」

「那就別賣關子了，趕快說來聽聽。」華生很感興趣。

一九〇三年，伯明罕發生一件怪案，一群牛和馬，在一個沒有月亮的雨夜，被人開膛破肚，曝屍在一片曠野之中。

案發後不久，警方在很短的時間內就宣布破案，他們逮捕了一個名叫喬治的印度裔英國人，他是一個二十七歲的年輕律師，警方公布的證據非常薄弱，只是一件在他家中搜出來的夾克，上面沾著兩、三個一分錢幣大小的血點，法院以此為證，判了他七年徒刑。

可是，身為律師的喬治，作案的動機是什麼？目的又在哪裡？法官的判決並沒有解決這些問題，社會上的每個人都在討論，儘管人人都認為喬治是冤枉的，卻沒有一個人能提出令大家心服口服的反證，來替他洗刷冤情。

更荒唐的是，在喬治入監服刑三年以後，又突然被釋放了，官方沒有發表任何聲明，若是冤獄，好歹也該給這個原本前程光明的無辜青年，名譽上的澄清或金錢上的補償，否則真是太不公平了。

警察和法官這種草率不負責任的辦案態度，把柯南‧道爾激怒了，他決定站出來，運用他在傳播界的影響力，代喬治討回公道。

解剖大偵探

「我相信一定有什麼被所有人忽略的地方，可以證明他是清白的，於是，我從頭仔細研讀所有相關的資料，並決定到伯明罕去拜訪他，順便也可以在現場親自查驗一番。結果不出所料，我和他見面只用了五分鐘，就足以斷言他是無辜的。回來之後，我寫了一篇報導，見報後大家才恍然大悟，都說我的觀察力足以和福爾摩斯相提並論哩。」柯南‧道爾非常神氣的回憶著。

「喔，只需要五分鐘就擺平啦？」華生有些不信。

「我走進他辦公室時，他正在看報，他把報紙拿得非常靠近眼睛，而且角度很偏，幾乎是用眼角在看報。」

柯南‧道爾說到這裡，故意停下來，福爾摩斯笑咪咪的噴出了一口煙，也不搭腔，華生沉不住氣問：「然後呢？」

「沒有然後啦！就憑這個便足以說明一切。」

「什麼意思？」華生萬分不解，只好轉頭向福爾摩斯求助。

「你糊塗了嗎？這個人看報的樣子，說明他不但是個大近視眼，而且散光也很嚴重啊！」大偵探試著

點醒他。

「這樣就能證明他不是涉案人嗎？」

「奇怪，華生，你平常不是這麼不靈光的呀，一個散光加深度近視的傢伙，有可能在一個沒有月亮的雨夜，摸到一片曠野中，捉住一群四條腿的馬和牛，然後把牠們開膛破肚，而且只神奇的在外套上留下幾個小血點？」

「喔，原來如此，爵士，看不出您還真有兩把刷子。」

「當然，沒有我這兩把刷子，也就沒有你們那兩把刷子啦！」

三個人不約而同笑起來，緊繃了一晚

的氣氛，終於緩和下來。

「我記得您說做過兩次成功的偵探，還有一次呢？」

「另一次的成績更圓滿，因為我不但在報章上替冤獄者平反，而且還爭取到重審，並促使官方公開承認誤判，讓受害的當事人得到政府的賠償。」

「閣下是如何辦到的？」

奧斯卡是一個遊手好閒、不務正業的德裔猶太人，在一九〇九年被控用釘錘殺死一位老婦人，經過簡短的審判後，法官判他死刑，就在死刑執行的前一天，被改判終身監禁。

可能是受了上一個「喬治案」成功的影響，柯南‧道爾非常注意報上登的這類刑事案件。這一回，他很快就從報上所刊登的出庭紀錄上，找到可疑含混的地方。

警方證人的證詞中，居然有很多「我『認為』凶嫌」、「我『聽說』凶嫌」、「我『覺得』凶嫌」這種純粹道聽塗說、沒有事實根據的陳述，而法官居然也就採信了，還判了「死刑」這樣重的刑罰，雖然後來又莫名其妙的改成「終身監禁」，但也等於毀了奧斯卡的一生。

柯南‧道爾深信奧斯卡之所以被法官相信有罪的真正原因，只因為他不是「血統純正的英國人」。很明顯，這又是一件

在種族偏見下導致的誤判，和「喬治案」
一般無二。

　　柯南·道爾身上必定流著以正義、勇

敢、扶助弱小為宗旨的武士血液，他又一次為這個非親非故的人爭取上訴重審，他非常有耐心一而再、再而三過濾證人的證詞，最後終於有一個證人挺身而出，說明他當初向警方指證的疑犯，是另一個人，並不是奧斯卡。

　　案情馬上急轉直下，最後奧斯卡終於無罪開釋，並且得到六萬多鎊的冤獄賠償金，因為他已經「無罪」的在獄中做了十七年的勞役。

「十七年啊！」柯南‧道爾說：「這個案子雖不像『喬治案』那樣戲劇性的結束，但我堅持了十七年，並迫使法院破天荒第一次為冤獄付出賠償，為以後那些受冤枉的人，開出一條討回公道的路，我覺得這十七年花得值得。」

華生佩服的說：「真了不起，我相信奧斯卡一定對閣下感激涕零。」

「不錯，但等我開口，請他用賠償金支付我替他印有關案情小冊子的錢，和一些法律上的費用，他不但拒絕，而且馬上翻臉不認我這個大恩人，真是忘恩負義的小人。」

「什麼？」福爾摩斯簡直不敢相信自己的耳朵，他搖搖頭：「閣下十七年的時間都投注下去，又何必看不開那點小錢，況且您早已不是沒有錢的人，為什麼還要讓金錢破壞別人原本對您的敬愛，幹嘛不好人做到底？真是划不來喲。」

「哼，我才不稀罕他看不見、摸不著的敬愛呢！我寧可拿該拿的錢還覺得實際一點兒。」

「真是江山易改，本性難移喔！」華生下結論。

7. 大偵探的小祕密

茶有點涼了，華生起身去為每一個人換上一杯熱茶。

「現在我相信您假如改行當偵探，一定也十分出色，令我好奇的是，閣下是根據什麼為藍本，創造出我這個讓您又愛又恨、欲去之而後快，卻又偏偏擺脫不掉的大偵探？」

「這還得歸功於我念的醫學院呢，雖然在那兒的五年，是我這輩子最無聊的一段日子，化學、解剖學、生物學……現在想起來還令我一個頭兩個大，但是醫學方面的知識的確有助於我創造你這個偵探角色。尤其當年有一位比爾教授，同學們都迷他迷得半死，他選中我做助手，在學校附設的教學醫院實習。他真有本事，往往在病人一進來，略一打量，就能說出這個人的職業或小習慣，譬如他指出：『這人是個慣用左手的補鞋匠。』然後等我們驚訝夠了再進一步分析：『瞧，他穿的是補鞋匠慣穿的半長及膝褲，內側還加了夾鞋梆子用的襯墊，而他右膝內的襯墊磨損得比左膝屬害，說明右邊承受從左方來的力較大。』

每每令我們佩服得五體投地，我就是以他做模特兒，寫出福爾摩斯的。」

43

「他長得如何？」華生愈來愈好奇了。

「很帥喔。」

「這點大概不太像你。」華生插嘴，福爾摩斯瞪了他一眼。

「比爾教授是愛丁堡教學醫院的外科

醫生，長得又黑又瘦，長臉，有一對銳利的眼睛，眼珠是灰色的，鷹勾鼻，尖削的下巴凸出而方正。」

柯南・道爾每說出一項比爾教授的特徵，華生就按圖索驥的在福爾摩斯的臉上瞄過來瞄過去，然後頻頻點頭。

福爾摩斯不禁苦笑著說：「到今天我才搞清楚，我這個大偵探的『原形』來自比爾教授。」

「可能還不止一個人呢！」華生衝口而出。

「是嗎？」

「當然，起碼在你的身上，還有道爾爵士的影子。」

「可是我似乎不那麼『現實』吧？」

柯南・道爾笑了：「這倒是個有趣的話題，華生，你不妨也當一回大偵探，看你能不能從這位老友身上，找到我的影子。」

華生略略思索了一會：「首先，我相信您一定是個運動健將。否則我們大偵探的身手，便無法那樣傳神的『躍然紙上』。」

「沒錯。我的板球打得非常好，年輕時還有國手的實力，不但愛踢足球，而且對拳擊也很有兩下子。在一八九〇年代的英國文壇，充斥著同性戀、畸戀、虛弱頹

廢的文人，我的健康形象，還真是個『異數』。」

「難怪我和華生全是無不良嗜好的正人君子。」

「其次，我相信爵士愛恨分明，有強烈的正義感，這和畢生致力讓冤案、奇案水落石出的福爾摩斯如出一轍。」

柯南·道爾嘉許的點點頭。

「還有，我猜想閣下對女人不太有好感。」

福爾摩斯瞪了華生一眼，華生裝作沒看到，好整以暇的往下說：「否則，舉世有

45

哪一個出名的偵探，會像我這位老友，從無豔遇，也不曾墜入情網，連個紅粉知己也沒有，打了一輩子光棍不說，而且對女人的評價十分負面。」

解剖大偵探

「華生，不是我要打擊你，這回你八成錯啦，沒看見爵士手上的寶石戒指嗎？對女人沒好感的人，還會去找個女人來和自己過一輩子？不合邏輯嘛！」

「沒錯！」柯南・道爾笑說。

「是誰說的沒錯？」兩人異口同聲問。

「你們兩個都說的沒錯。」

「嘎？」

「福爾摩斯說的對，我不但結了婚，而且還結了兩次。一八八五年和露意絲結婚，她為我生下一女一兒，但卻不幸在一九〇六年去世，次年我和珍結婚，她也生了二子一女，所以囉，有五個孩子要靠這枝筆養活，你們不覺得我現實的個性和做法，也是情有可原的嗎？」

「為什麼華生也說的對？」

「我確實也對一些女人非常沒好感。」

「哪種女人？」

「就是那種跳出來唯恐天下不亂、爭婦女投票權的女人。女人哪，天生就該乖乖待在家裡，被男人疼愛嬌寵，一旦踏進男人的政治圈子，張牙舞爪的妄想在國家大事上發表意見，可就大大的撈過界了。」

「不過，有一件事道爾爵士的做法和福爾摩斯不同，就是我這位老友曾經拒絕了『爵士』的封號，而閣下……」

「哈、哈、哈，對，因為我在一八九九年志願赴南非參加波爾戰爭，表現十分優異，獲頒『爵士』封號，本來我也不想接受，一來我不必靠這個頭銜來擺架子，二來為國家出力是義不容辭的事，為此獲得皇室封號，有受賄之嫌，但媽媽勸我接受，而她一直是對我最有影響力的人。還記得我是一九○二年受封的。」

「真巧，我也正是在一九○二年拒絕受封的。」

說罷，兩人心領神會的相視一笑。

8. 曲終人散

解剖大偵探

　　窗外的霧氣愈來愈重，福爾摩斯起身給火爐添上些新柴火。

　　柯南・道爾摸出懷表看看時間，時針指在十一與十二之間，分針正從九向十移動。不知不覺中，他們已經聊了三個多小時。

　　「夜已深，是該告辭的時刻了，午夜十二點還有一個有趣的聚會在等著我哩。」

　　「是什麼樣的聚會要在午夜舉行？」華生好奇的問。

　　「我參加了一個研討人死後有沒有靈魂的團體，今天，他們安排了一位據說很有名的靈媒，來給大家請亡靈。」

　　「奇怪，像閣下這麼一個事事講求實際的人，怎麼會對超現實的靈異學研究有興趣？」福爾摩斯十分不解。

　　「我相信那是因為

我具備超越常人的領受力，儘管我感受到的事，在現階段以世人一般的眼光來看，是非常無稽的，但未來的人，或許將視我為先知，對我膜拜景仰哩。」

「哈、哈，火車不是推的、牛皮不是吹的，爵士憑什麼希望我們這兩個普通人會相信您這一番全是臆測的空話？」華生又忍不住抬起槓來。

「你不相信？好，讓我告訴你一個事實。第一次世界大戰於一九一四年爆發，早在一九一一年，我參加了一項從德國到英國的賽車，在比賽中，我從所接觸的德國人身上嗅出戰爭已經不遠了，且信將是潛水艇日後決戰中

勝負的關鍵，但我們堂堂以海上霸權自居的大英帝國，卻對此全無警覺，怎不令人心焦。於是，我寫了一本《危險!!》，描述敵人利用神出鬼沒的潛水艇攻擊商船，

解剖大偵探

對英國的海域進行封鎖，造成經濟崩潰並產生饑荒，以此脅迫政府投降的故事。這本書在一九一八年大戰末期出版時，被大眾譏笑得體無完膚，可是三年後，德國的海軍安全部門，卻公開盛讚我是當今經濟戰爭的唯一預言者，這出自第一次世界大戰主要敵手的肯定，可不是假的。」

「真是失敬。」華生和福爾摩斯真心的說。

一輛馬車達達的蹄聲，在靜夜中聽得分外分明，它由遠而近，最後停在屋外。

「我的馬車來接我了。」柯南・道爾站起身，拉平西裝，穿上華生遞來的外套，戴好帽子和手套。

在門口他轉過身，對福爾摩斯和華生深深注視了好一會兒，然後伸出手：「能在這七十歲的暮年，親眼見到神交近五十年的二位，真是令我安慰，臨別之際，或許『幸會』要比『再會』更能貼切表達我此刻的心情。」

「是的，真是幸會。」
「幸會極了。」

福ㄈㄨˊ爾ㄦˇ摩ㄇㄛˊ斯ㄙ和ㄏㄜˊ華ㄏㄨㄚˊ生ㄕㄥ也ㄧㄝˇ鄭ㄓㄥˋ重ㄓㄨㄥˋ的ㄉㄜ˙伸ㄕㄣ出ㄔㄨ手ㄕㄡˇ，緊ㄐㄧㄣˇ緊ㄐㄧㄣˇ的ㄉㄜ˙和ㄏㄜˊ柯ㄎㄜ南ㄋㄢˊ‧道ㄉㄠˋ爾ㄦˇ握ㄨㄛˋ在ㄗㄞˋ一ㄧ起ㄑㄧˇ，三ㄙㄢ個ㄍㄜˋ人ㄖㄣˊ的ㄉㄜ˙目ㄇㄨˋ光ㄍㄨㄤ都ㄉㄡ不ㄅㄨˋ覺ㄐㄩㄝˊ的ㄉㄜ˙模ㄇㄛˊ糊ㄏㄨˊ了ㄌㄜ˙。

福爾摩斯和華生站在窗前，目送那輛載著今晚這位奇特訪客的黑色馬車漸行漸遠，終於消失在伸手不見五指的濃霧中。

　　好一會兒，兩人都沒有說話。

　　「華生，今天晚上的事，究竟是真還是假？剛才真的來過一個叫柯南・道爾的人嗎？」

　　「我也不知道。」華生喃喃的說:「到底來的是他的真身，還是他剛才興致勃勃提的靈魂？」

　　「難道……這全是我們兩人閒極無聊的想像？」

　　「不會吧？」

　　轉過身，他們的目光看到茶几上擱著的三個茶杯，還有斜倚在沙發旁的那把雨傘，傘柄雕刻著一個精緻的馬頭。

　　福爾摩斯把身體埋進他的老座位，輕輕的撫摸著雨傘上的馬頭雕像，好一陣子才幽幽冒出一句話:「忘了提醒爵士要好好注意身體，他的心臟有毛病。」

　　「？」

　　「他剛才生氣時，一手搗著胸口，滿臉通紅，呼吸急促，一看就知道強忍著胸

痛，這是心臟病的危險徵兆。」

這是福爾摩斯今生所做的最後一次預言，很不幸，八個月後就應驗了。

一九三○年七月十一日，以寫『福爾摩斯探案』系列偵探小說，聞名於世的柯南‧道爾，因心臟病突發去世，享年七十一歲。

這給福爾摩斯的打擊很大，大到使他拋下一切，離開居住近半世紀的倫敦貝克街二百二十一號二樓，飄然不知所終。

解剖大偵探

9. 尾聲

身為十九世紀英國最著名的小說家，柯南‧道爾一生中共出版了：長、短篇小說三十六本，歷史研究兩本，詩集三冊，自傳信札三集，和靈異學方面的研究十種，創作量非常豐富。

其中最膾炙人口的，就是他用生花妙筆，創造了小說世界有史以來，公認最成功、最傳神的人物──大偵探夏洛克‧福爾摩斯。他一共寫了六十多篇「福爾摩斯探案」，吸引了全世界讀者的注意，直到今日，還有由一群福爾摩斯迷所組成的俱樂部，成員彼此都以小說中的人物相稱，每年定期集會，相互交換研究「福爾摩斯探案」的心得哩。

但柯南‧道爾畢生以成為一個嚴謹的

歷史文學小說家自許，而萬分不情願被定位成一個偵探小說家，在他心裡，後者無疑是不入流、格調不高的文學之末。

然而，世事難料，時至今日，他當時引以為豪的歷史小說作品，泰半已絕版多時，反而是他時時想保持距離的「福爾摩斯探案」，讓他得以留名。

從十九世紀到二十世紀，「福爾摩斯探案」被翻譯成各種文字，繼續在全世界扣緊小說迷的心弦；「福爾摩斯」的大名依舊如雷貫耳，甚至已成為「偵探」的代名詞，而提到「柯南・道爾」，假如不加一句「他是『福爾摩斯探案』的作者」，恐怕沒有人會知道他是誰。

一個當時最被他看輕的小說人物，卻是他今日沒有被世人遺忘的原因，這樣看來，他究竟算成功還是失敗？

柯南・道爾若是地下有知，或許要感嘆造化給他開了個大玩笑吧！

英國一直到現在，都還保留著講究身分、頭銜、規矩的傳統，一般英國人待人客氣、守分寸，習慣保持一定的距離，不隨便和人勾肩搭背的熱絡親近，這篇文章中，文謅謅、硬梆梆的英國式對話，是不是讓你有不同的感受？你知道嗎？人們通常稱這種嚴守身分派頭、有禮貌卻冷淡的人叫——紳士。

柯南·道爾
Arthur Conan Doyle

柯南·道爾 小檔案

1859年　5月22日，出生於英國愛丁堡。

1876年　入愛丁堡醫學院。

1881年　醫學院畢業。上南非客貨輪當船醫，得瘧疾。應邀去普利資茅斯與巴德合夥開業。

1885年　和露意絲結婚。

1887年　第一篇「福爾摩斯探案」──〈血字的研究〉賣了二十五鎊。

1889年　出版第一本歷史著作《麥可·克拉克》。

1890年　出版《懷特夥伴》。

1891年　決定放棄行醫，專心從事創作。六篇「福爾摩斯探案」開始在《河濱大道雜誌》發表。

1893年　發表〈最後的問題〉，福爾摩斯消聲匿跡。

1899年　赴南非參加波爾戰爭。

1902年　接受「爵士」封號。福爾摩斯拒絕「爵士」封號。

1903年　接受美國及英國書商的豐厚條件，讓福爾摩斯重新與世人見面。

1906年　第一任妻子露意絲去世。

1907年　為喬治打平反官司。與第二任妻子珍結婚。

1910年　開始為奧斯卡打平反官司。

1918年　出版《危險!!》。

1927年　出版最後一部的「福爾摩斯探案」。奧斯卡獲釋。

1930年　7月11日，心臟病突發去世。

寫書的人

李民安

　　湖南寧遠人，民國四十七年生於臺北。輔大經濟系畢業，師大三研所碩士。曾任大學講師、雜誌社特約撰述。寫作範圍廣泛，在採訪報導、幽默散文之外，出版過童書《石頭不見了》、《銀毛與斑斑》、《灰姑娘鞋店》、《尋佛啟示：釋迦牟尼》等。

畫畫的人

郜　欣

　　郜欣從小喜歡兒童插畫，就讀中央民族大學時，已決定為此奮鬥一生。他畫畫時，下筆嚴謹，但很喜歡嘗試各種不同的風格，想讓大家感覺很新鮮、有趣。

　　郜欣對任何事都充滿熱情，他夢想能走遍全世界，希望用自己的筆，讓孩子更可愛，也讓世界更可愛。

倪　靖

　　畢業於北京服裝學院裝潢設計，大學期間即開始從事兒童插畫創作的倪靖，從小喜歡收集各種設計新奇、可愛的手工藝品；喜歡大自然，她最大的夢想是能在燦爛的陽光下、清新的空氣中、豔麗的花叢裡作畫。

　　倪靖較擅長明快、隨意的畫風，最喜歡畫動物和小孩。對兒童插畫充滿熱情，希望能通過自己的畫，把溫馨、快樂帶給大家。

文學家系列

榮獲行政院新聞局第五屆人文類小太陽獎
行政院新聞局第十八次推介中小學生優良課外讀物
文建會「好書大家讀」活動推薦
文建會「好書大家讀」活動1999年度最佳少年兒童讀物獎

～ 帶領孩子親近十位曠世文才的生命故事 ～

每個文學家的一生，都充滿了傳奇……

震撼舞臺的人——戲說**莎士比亞** 姚嘉為著／周靖龍繪

愛跳舞的女文豪——**珍‧奧斯汀**的魅力 石麗東、王明心著／郜　欣、倪　靖繪

醜小鴨變天鵝——童話大師**安徒生** 簡　宛著／翱　子繪

怪異酷天才——神祕小說之父**愛倫坡** 吳玲瑤著／郜　欣、倪　靖繪

尋夢的苦兒——**狄更斯**的黑暗與光明 王明心著／江健文繪

俄羅斯的大橡樹——小說天才**屠格涅夫** 韓　秀著／鄭凱軍、錢繼偉繪

小小知更鳥——**艾爾寇特**與小婦人 王明心著／倪　靖繪

哈雷彗星來了——**馬克‧吐溫**傳奇 王明心著／于紹文繪

解剖大偵探——**柯南‧道爾**vs.福爾摩斯 李民安著／郜　欣、倪　靖繪

軟心腸的狼——命運坎坷的**傑克‧倫敦** 喻麗清著／鄭凱軍、錢繼偉繪

小太陽獎得獎評語

三民書局以兒童文學的創作方式介紹十位著名西洋文學家，
不僅以生動活潑的文筆和用心精製的編輯、繪畫引導兒童進入文學家的生命故事，
而且啟發孩子們欣賞和創造的泉源，值得予以肯定。